나는 인연의 숲,

출근합니다

원미동으로

김서영 지음

원미동에 둥지를 튼 지 열네 번의 해가 바뀌었습니다
정이 많은 원미동의 엄마 아빠 아들 딸들은

내 가슴에 사랑의 모닥불을 지피고 또 지펴 주었지요
아니, 때론 가슴속 깊이 자리한 눈물 샘물을 한없이
퍼 올리게도 하였습니다

아파서 너무 아파서 가슴이 찢어지는 것 같아서 내가 살고
자 글을 썼고
뼈마디 마디까지 느껴지는 감사와 사랑의 마음으로 가슴
이 터질 것 같아 글을 썼습니다

그렇게 써온 글이 모여 세 번째 책으로 탄생하게 되었네요
이 사랑과 감사와 아픔의 노래가 죽는 날까지 계속되기를
소망하며

오늘도 원미동 이야기는 계속됩니다

사랑한다는 건 누군가를 사랑한다는 건
나의 것을 나눌 수 있는 따뜻한 마음이라기보다는

나의 모든 것을 줄 수밖에 없는
주지 않고는 견딜 수 없는
절절하고 절실한 마음이 아닐까 싶습니다

당신을 향한 나의 마음처럼

2022년 원미동에서
김서영

| 차례 |

작가의 말   02

—
1부
원미동 이야기
—
　인연   11
　인연 만들기   14
　수요일 오후 첫날   16
　세월의 주름까지도 고운 여인   18
　희망이라는 두 글자   20
　환자의 아픔이 몸으로 느껴질 때   24
　엄마의 걱정   27
　엄마의 환한 미소   28
　검은 언어   30
　홀로 엄마   32
　오랜 단골 환자의 하늘길   34
　지우고 또 지우고   36
　텔레비전 꺼주세요   38
　오늘 얼마 벌었어요?   40
　추억으로 남은 엄마   41
　먼 여행 떠나신 춘자 엄마   42
　하늘길 오르신 정자 엄마   43
　뿌연 하늘빛   45
　옥수수 알알이 맺힌 마음   46

우리의 보물 48

시간은 이별을 준비한다 50

나를 내려놓았을 때 51

병원 이전을 소망하며 53

굳은살 54

흐릿한 하늘 아래 파란 희망을 꿈꾸며 56

없는 길을 만들며 57

원미동의 소리 60

2부

하늘의 별이 되신 만족과 감사를 아셨던 내 엄마 65

당신이 그리워서 눈꽃 67

어머니 눈물 68

추억은 향기 되어 70

눈물 꽃 71

낙엽이 질 때면 72

이슬이 되고 73

달이 지고 별이 질 때 74

엄마별 75

달빛 언어 76

엄마의 얼굴 78

3부

참 좋은 사람 사랑한다는 건 83

사랑이란 84

견딤 85

이렇게 사랑하자 86

저녁노을처럼 87

꿈 88

걷다가 89

외롭다는 건 91

안부를 묻다 92

사랑이 슬퍼 93

너처럼 94

바람이 정해준 길 95

인생길 걷다가 98

사람 냄새나는 사람 99

4부
사람살이
—

나 하나의 불빛 103

연잎 104

예쁘게 물들다가 105

마음자리 106

받아들이기 108

구속 110

용기와 지혜 112

불편한 익숙함 113

또 다른 시작 115

감사하는 삶 116

꽃길 118

인연과 운명 120

위기 121

세상이라는 무대 124

희극과 비극 125

놓으면 오는 행복 127

행복하게 128

인생길 129

별일 없는 시간들 130

표현하기 131

그대 지금 132

변화의 두려움 134

불편한 익숙함 136

희생과 배려 138

행복하기 연습 140

갈무리 142

아름다운 인생길을 원하거든 143

뒤로 걷는 추억 꽃길 144

유통기한 145

순리에 따르는 산천초목^{山川草木} 146

하루 사이에 148

먹구름 속일지라도 149

은행잎이 가는 길 150

세월 마법사 151

행복이란 153

약점 154

소통은 맞장구 155

사람 냄새나는 그대 156

절망의 끝 158

마음 바람 160

차 한잔 161

하나의 몸 163

잃음과 얻음 164

시는 노래가 되어
167

1부   원미동 이야기

인연

또 하루가 시작되었네요
오늘은 또 우리에게 어떤 인연因緣들이 다가올까
하는 생각으로 출근하였습니다

지금 우리 주변의 모든 인연은
전생부터 이어진 인연이거나
마음 한번 동動하여 새로 시작되는 인연들도 있겠지요

원인 없는 결과가 없듯이
지금 내가 하는 생각 하나, 말 한마디 행동 하나하나가
업식業識으로 저장되어 다음 생을 준비하고 있는 것이라고
합니다

그래서 현생을 보면 전생을 알 수 있고
다음 생도 알 수 있다는 말이 있는 것 같습니다

우리가 사는 이번 생이
전생의 악업을 소멸시킬 수도 있고
또 다음 생을 위한 선업을 쌓을 수도 있는
소중한 나날들임을 잊지 말고
인연 나무 아름답게 키워 봅시다

인연 만들기

원미동의 하루가 시작되었습니다

출근하는 새벽 골목길에서
파지 줍는 할아버지를 만났습니다

늘 리어카 가득 파지가 쌓여 있었는데
오늘은 빈 리어카를 끌고 건물 쓰레기장을 헤집고 계셨습
니다

굽은 허리
휘어진 두 다리로 버티고 서 계시기에는
삶의 무게가 너무 버거워 보여 눈물이 핑 돌았습니다

만 원짜리 한 장을 할아버지의 조끼주머니에 넣어드리며,
"아침 해장국 한 그릇 사서 드세요."라고 말씀드렸더니,

굽은 허리를 더 굽히시며 몇 번씩 고맙다고 하십니다

그런 할아버지의 모습에 가슴이 먹먹하여
다음 생에는 좀 더 편한 삶을 사시기를 기원하며
오늘 아침 나의 인연은 이렇게 시작되었습니다

수요일 오후 첫날

3년 기도 끝에 내린 결정
매주 수요일은 오전 한 시까지 진료
오후는 찾아가는 진료

영순 엄마가 첫 만남입니다
지난 겨울 빙판 낙상으로
병원 침상이 집으로 바뀐 엄마

엄마를 찾아 요양원 문을 들어선 순간
휠체어에 몸을 의지한 엄마들의
힘 빠진 눈동자와 마주하니 가슴이 막혀 왔습니다

엄마들도 한때는 고운 여인이었듯
두 다리로 엄마를 위로하러 온 나 또한
언젠가는 저 자리가 나의 자리일 텐데

나이 듦은 나의 몫이 아닌 양
쥔 손 펴지 못하고 더 움켜쥐려는 젊음이
덧없다는 생각이 들었습니다

세월의 주름까지도 고운 여인

위암 말기 진단을 받고
희망과 절망을 오가며 버텨오던 고운 여인

이제 다 된 것 같다며
하나씩 정리하고 있다며
얼굴 한번 보러 왔다고 말하는 고운 여인

한지로 만든 연필꽂이를
마지막 선물이라며 책상 위에 올려놓는
여리고 고운 여인

핏기 하나 없는 그녀의 손을 잡으며
그런 소리 하지 말라고
분명 좋아질 거라고 힘주어 말해보지만

하늘 가는 사다리 내려와 있음을
그 여인도 알고 나도 알기에
더 이상의 위로는 삼켜야만 했습니다

그저 하얗다 못해 푸른빛 퀭한 두 눈 바라보며
기적이라는 단어는 존재한다고
의사가 아닌 한 인간으로 말해보지만

기적이라는 단어는 허공을 맴돕니다

희망이라는 두 글자

절망 속에서 헤어나지 못하는 환자가 수면제 처방을
받으러 왔습니다

무표정한 그녀에게서 어둠의 그림자가 강하게 느껴졌기에
생년월일을 물었지요

그녀는 순순히 생년월일시를 알려주더군요

그녀를 이 세상에 붙들어 놓아야 했기에
사주 풀이를 해주었습니다

지금 혹여 엄동설한 북풍한설 몰아치는 시절에
살고 있다고 할지라도

천지의 기운은 흐르고 있기에
희망이라는 두 글자를 붙잡고 살아가다 보면
언젠가는 꽃 피고 새 우는 시절 온다고 그녀 마음을 노크했
었죠

그리고 3년이 지난 어제 그녀가 다시 왔더군요.
3년 전 자살 시도를 세 번 하고, 우리 병원을 찾았었다고
고백했습니다

다시 살고 싶은 생각 털끝만큼도 없을 때,

칠흑 같은 시절을 살고 있었기에
2년만 잘 버티면 꽃길이 열린다는 말이 믿기지는 않았지만
그래도 혹시나 하는 마음으로 삶의 마지막 끈은 놓지 않았
다고 했습니다

그리고 3년이 지난 지금은
본인의 입장에서는 꽃길이 열렸노라고
감사의 마음을 전하러 왔다고 하더군요

환하게 웃는 그녀의 모습은
나의 고마움이 되어 오늘 또 원미동 이야기의
한 페이지가 되었습니다

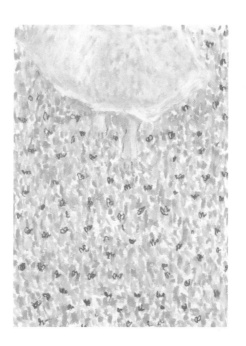

환자의 아픔이 몸으로 느껴질 때

유난스럽게
환자의 아픔이 몸으로 느껴질 때가 있습니다

몸과 마음이 바삐 돌아갈 때가 아닌
내면으로 들어가는 시간이 길면
환자의 고통은 곧
내 고통이 되곤 합니다

그 느낌을 모두 받아들이기에
버거울 때가 많지만 이 또한 내 카르마^{karma}임을 알기에
기꺼이 받아들이곤 하죠

어깨가 아픈 환자가 왔습니다
주사를 놓고 있는데, 기침이 나오고 숨쉬기가 힘들었습니다

그리고 며칠 후, 그 환자가 다시 내원하였고
어깨에 주사를 놓고 있는데, 다시
기침이 나고 가슴이 답답해왔습니다

느낌이 좋지 않았기에
내과 검사를 받아보기를 권했습니다

그리고 1년의 세월이 지난 어제
그녀가 병원에 왔습니다

폐암 진단을 받고 항암 중인데
피부가 가려워서 왔다고 하네요

파리한 그녀의 손을 잡았더니
그녀가 눈물을 흘립니다

어떤 위로의 말도 할 수가 없어
마음 언어 전하며 그녀를 안았습니다

내 들숨 날숨 멈출 것 같았지만
그녀를 더 꼭 안고 말 없는 위로를 전했습니다

엄마의 걱정

환자와 의사로 맺은 인연의 복심 엄마
친엄마처럼 병원을 걱정해주십니다

"코로나인지 뭔지 때문에
우리 서영이 병원 환자 없어서 어쩐디야.
직원들 월급은 어찌 주고
달세는 어찌낸디야."

"내가 기도를 더 해야겠다.
내 기도가 모자라서 이렇게 한가한가비여."

조금 전까지만 해도 환자가 많았다는 말을
믿지 않으시며 걱정하시는 복심 엄마의 걱정은
하늘이 무너지는 한숨 소리로 이어집니다

엄마의 환한 미소

좁은 대기실에서
아픈 허리를 지탱하며
삼십 분 가까이 기다리셨는데도
진료실 문을 들어서시며
환한 미소로 말씀하십니다

"아이고 이제 맘이 놓이네.
 환자 많으니까 참 좋다."

"엄마 기다리시기 힘드시잖아요."
"아녀. 나는 얼마든지 기다려도 괜찮여.
 이렇게 바쁘면 내가 또 걱정이여.
 원장 건강이 걱정되어서 더 기도해야 겠어."

복심 엄마의 사랑에 눈에 안개가 낀 듯
앞이 흐려집니다

엄마가 진료실을 나가시고
의사로서의 초심을 되뇌며
감사라는 두 단어를 가슴에 새기며
원미동 이야기는 계속됩니다

검은 언어

코로나 때문에 병문안 가보지도 못하고
목소리라도 듣고 싶어 전화했노라 말하니,

고맙다고 가쁜 숨 몰아쉬며
전선을 타고 오는 목소리

양어깨에 얹힌
삶의 무게에 지쳐 보였건만
퇴근길 골목에서 마주치면

우리 원장님 맛있는 것 사주겠다며 팔을 끄시던 모습
아직은 추억의 페이지에 담고 싶지 않은데

아직은 저 하늘 별 되지 않으셔야 하는데
이리 빨리 하늘 자리 예약해 버리셨는지요

아직은 이 땅에 더 계셔야 하는데
수술도 포기해야만 하는 췌장암 말기라는 검은 언어는
원미동의 슬픈 이야기 한 페이지가 되어갑니다

홀로 엄마

엄마는 진료실 들어오시며 말씀하신다
"밥은 먹고 다니는 거여?"

엄마의 이 말씀
그 의미 너무나 잘 알기에

이 한마디가 가슴에서 가슴으로
가슴을 콱 막는 이 느낌
솜으로 목구멍을 틀어막는 이 느낌

나이 칠십 넘어서도
명절이 되면
홀로인 엄마는
외로움에 삶을 포기하고 싶다고

이제 그만 인생길 걷고 싶다고 하신다
그 마음 모르지 않기에
아니 너무나 잘 알기에

난 엄마의 손을 꼭 잡았다
엄마
명절이 없었으면 좋겠지요?
저도 그래요

엄마의 주름진 눈가에
찬 이슬이 맺혀 흐른다

오랜 단골 환자의 하늘길

만남은 이별을 전제로 한다지만
10여 년 환자와 의사로 맺은 인연이건만

꿈속에서
서녘 하늘 향해 도포자락 휘날리며
떠나는 모습으로 나타나시더니

설 명절 시작되는 첫날
진정 하늘가는 열차 오르셨습니다

퇴근 무렵 시장통에서 마주치면
반갑게 인사 나누고

"얼른 집에 가서 쉬세요."라고 말하며
내 뒷모습 바라보시던
지난날들이 아프게 다가옵니다

이승의 미련일랑 다 놓으시고

이젠 아픔 없는 그곳에서 편히 쉬세요

지우고 또 지우고

환자와 의사로 맺은 인연

얼큰히 취한 모습으로
"마누라한테 다녀오는 길입니다.
 원장님 내가 참 힘이 드네요."

한 손에 막걸리 병들고 시장통을 걸으시던 모습
아직도 선한데
부인과 같은 길로 가버리시다니,
오늘은 전화번호를 지웠습니다

마음에 새겨진 힘들어하시던 모습
지울 수야 없지만
카카오톡에 뜨는 모습은
가슴을 아리게 하기에 지웠습니다

부디부디 이 땅의 미련일랑 놓으시고
영면하십시오

텔레비전 꺼주세요

이른 아침, 무선을 타고 들려온 목소리
"선생님! 텔레비전 꺼주세요."

잠시 후 아들의 손을 잡고
씩씩하게 들어오는 정민 아빠

"정민이가 자꾸 긁어요."

진료를 마치고
15년을 살아온 세 살 정민이는
빠이 빠이를 하며 진료실을 나간다

씩씩하고 밝은 정민 아빠는
언제나처럼 바람 같은 한마디 남기고

아들 머리를 격하게 쓰다듬으며 병원을 나간다
"이제 텔레비전 켜서요."

(정민이는 본인 손으로 켜지 않았는데
 텔레비전이 켜져 있으면 액팅 아웃을 하기 때문)

오늘 얼마 벌었어요?

아침에 파지 주우시는 엄마가 첫 환자로 오셨습니다
새벽부터 골목 누비며 파지 주워서
고물상에 넘기고 오시거든요

난 늘 묻지요
"엄마, 오늘 얼마 벌었어요?"
"3,700원."

"파지 값이 많이 내렸네……, 언제 오를까."라고 내가 걱정
하면
"안 오를 거 같아."라고 답하신 지 벌써 1년이 넘었네요

원미동에 뿌리내린 후에는
파지의 가격 동향과 고철의 가격 흐름까지 마음 쓰이네요

그 오르내림이 파지 주우시는
엄마 아빠들의 미소 주름에 영향을 끼침을 알기 때문이죠

추억으로 남은 엄마

지팡이에 의지한 채
버겁게 계단을 오르시던 양림 엄마는
시간의 흐름 속에 뒷모습을 보이셨습니다

하늘 사다리 오르실 땐
지팡이에 의지하지 않으시고
굽은 허리 곧게 펴시고

남루한 옷과 이별하시고
고운 자태로
가볍게 발걸음 옮기셨기를 기도합니다

양림 엄마의 뒷모습은
내 가슴에 수많은 추억의 말을 남기고
그렇게 시간 속으로 사라지셨습니다

먼 여행 떠나신 춘자 엄마

춘자 엄마가 가셨습니다

엄마를 볼 때면
거울 앞 나를 보는 것만 같았지요

먹는 것 옷 입는 것 생각하는 것
어찌 그리 나와 닮았던지

친 모녀지간母女之間이라 해도
이리 닮지는 않았을 것 같다는 생각을 했지요

그런 엄마가
저 높은 곳을 향하여 서러운 발길을 옮기셨습니다

이제 다시는 거울 속의 나를 볼 수 없지만
엄마에 대한 기억은 추억이 되었고
추억은 그리움으로 거울 속 나를 적십니다

하늘길 오르신 정자 엄마

11월 6일, 정자 엄마가 가셨습니다
고통 없는 그곳으로
하얀 날개 달고
날아가셨습니다

정자 엄마와 평생을 함께하신
태수 아빠가 오셨습니다
잘 보내고 왔다며
눈가에 이슬이 맺히십니다

아빠를 병원 침대에 눕히고
영양제를 놓아 드렸습니다
아빠가 다시 눈시울을 적시네요

어떠한 말로도 위로가 되지 않음을 알기에
아빠의 손을 가만히 잡았습니다
아빠의 손에 힘이 풀리시네요

아빠의 손등을 쓰다듬으며 아무 말도 할 수 없었습니다

생로병사生老病死는 우리가 가는 길이라지만

보내는 마음은 언제나 가슴을 저리게 합니다

뿌연 하늘빛

하늘빛 뿌옇다
이게 어찌 날씨 탓뿐이겠는가

밤새 홀로 아픔을 견디다
정신 줄 놓았노라고

주인집 할머니의 도움으로
병원에 옮겨져 수술받았노라고

손가락 하나 까닥할 기력도 없는 모습으로
담담히 말하는 친구 같은 환자를 보니

내 눈에 뿌연 안개가 끼더니,
안개비가 내립니다

옥수수 알알이 맺힌 마음

이른 아침 겸이 엄마가 깜장 비닐봉지를 건넵니다
옥수수를 쪘는데
맛있어서 들고 오셨다고 하시네요

새벽부터 밥도 안 먹고 나와 있는
원장이 마음에 걸려서 오셨답니다

옥수수를 건네고
계단 난간에 의지한 채 돌아가시는 겸이 엄마를
부축해 드리려 했더니

어서 들어가 따뜻할 때 먹고
진료하라고 하십니다

진료실로 들어와 봉지를 열었습니다

겹겹이 쌓인 포장지 안에
엄마의 마음이 알알이 사랑으로
박혀 있었습니다

사랑 한 알 목으로 내려가
가슴에 머물렀습니다

이 사랑 가슴에 뿌리내려
꽃피고 열매 맺히게 잘 가꿔 나가리라
다짐하는 비 오는 날 원미동의 아침입니다

우리의 보물

연륜年輪이란 긴 시간의 터널을 통과해야만
얻을 수 있는 귀한 보물입니다

우리네 엄마 아빠들은
그 보물을 지니고 계십니다

표현하지 않아도
표현하지 못하시더라도

긴긴 세월의 터널을 지나며 얻은
빛나는 보석을 간직하고 계십니다

골골이 주름진 이마에 감춰진 보석
땅을 향해 굽어진 허리춤에 숨겨진
보물은 숨어서 빛납니다

보물을 가지고 계시는
우리네 엄마 아빠는
더 귀한 보물입니다

보물을 알아보고
보물을 보물로 대접하는
시대가 되었으면 좋겠습니다

시간은 이별을 준비한다

원미동에 둥지를 튼 지
어느덧 열세 번의 겨울이 지나고

유치원생이었던 수영이는 성년이 되어
군에 입대한다며 인사를 하러 왔습니다

시간의 흐름은 이별을 준비한다더니
사람과 사람 사이 인연은
시간과 함께 이별할 준비를 해야 하는가 봅니다

아이가 자라 어른이 되듯
엄마 아빠 그리고 우리는
고장 없는 시간 열차를 타고
서쪽 하늘을 향해 달려가고 있으니까요

나를 내려놓았을 때

환자의 혈압을 측정하려 퍼프를 감으면
환자의 상태가 몸으로 느껴집니다

마음이 편해지고 하품이 나오면
환자 혈압은 틀림없이 정상입니다

가슴이 두근거리고 불안하면
환자 혈압은 정상을 넘어서 있죠

숨이 찬다는 환자를 진료하고 나면
내 가슴도 조여 옵니다

머리가 깨질 것 같다는 환자가 오면
내 머리도 드릴로 뚫는 듯 아프기도 하죠

이럴 때는 되도록 환자와 스킨십을
하지 않아야 버틸 수 있습니다

좀 더 많은 원미동 이야기를 남기고 싶기에

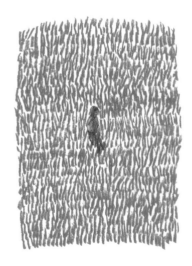

병원 이전을 소망하며

산옥 엄마가 두 팔과 두 다리로 기어 올라오십니다

엄마를 부축해 대기실 의자에 앉혀드리고
1층 입구 휠체어에 앉아계시는
권사님에게 주사를 놔드리고 다시 올라왔습니다

가슴이 몽둥이로 맞은 듯 숨쉬기가 버거웠습니다

기어서 또는 휠체어에 의지한 채 어르신 유모차에 기대어
찾아 주심에 감사해서,

편하게 오실수 없는 계단 위에 터를 잡고 있음에
죄송해서 가슴이 아픕니다

굳은살

"아빠, 아직도 박스 주우세요?"
"그려, 그럼 뭘 할꺼여."

"이제 그만 좀 쉬세요."
"이제 곧 많이 쉴텐디 뭐."

"이 발바닥 티눈 깊이 못 파요.
 살짝만 레이저 해드릴게요."

"그려.
 조금만이라도 해줘."

경수 아빠는 폐암으로 치료를 멈춘 상태입니다
그래도 매일 새벽부터 온종일 골목을 헤매시지요

발바닥에 굳은살
어디 육체의 굳은살뿐이겠습니까

마음에 맺힌 한들 가슴 굳은살 되어
이젠 아픔도 느껴지지 않으신가 봅니다

파리한 손 핏기 없는 얼굴과 눈동자는
말 없는 말씀하십니다

경수 아빠의 그런 모습은
오늘도 내 가슴속 우물에 두레박을 던지시네요

흐릿한 하늘 아래 파란 희망을 꿈꾸며

새벽바람이 원미동 골목을 감싸고돌아
파지 줍는 엄마의 굽은 등살을 어루만진다

세상살이 얼마나 버거웠으면
저리 땅을 바라보는 몸이 되셨을까

오늘도 복이 엄마는 쓰레기장을 뒤적이고
손수레에는 파란 희망이 바닥에 깔려있다

아마도 반나절은 골목을 돌고 돌아야
저 손수레 반쯤이라도 차겠지

늘 느끼는 안타까움이지만
더 가슴 저린 오늘은 어버이날

없는 길을 만들며

살아간다는 건
잠시 머물렀다 가는 소풍 길임을 알기에

역병에 걸려
하늘길 가는 것이 두려운 건 아니지만

다른 이들에게 피해를 줄까 두렵기에
하루하루가 살얼음판을 걷는 마음이다

환자와의 소통에서 많은 대화와
스킨십이 트레이드마크이건만

평소처럼 엄마 아빠들을
안아 드리지 못하고

아들 딸들과 이런저런 고민거리
들어주지도 못하고

감성은 가슴에 묻은 채
이성만으로 진료해야 하는 현실이 아쉽기만 하다

비록 지금 온 지구촌이
경험해 보지 못한 공포 속에 살고 있지만

지혜는 길을 인도하고
사랑은 용기를 준다는 말을 믿으며

역병의 시절
없는 길을 만들어가며 걷고 또 걷는다

(코로나19의 공포 속에서)

원미동의 소리

시절을 망각한 쌀쌀한 바람을 맞으며
원미동 골목의 사람 사는 소리가 요란했다

인연의 끈 따라
가족이라는 단어로 모인 이들

하늘이 채 열리기도 전
무슨 이유로 저리도 큰 소리가 담장을 넘어오는 걸까

이번 생 가족의 인연은 전생의 사랑하는 인연이거나
원수의 인연이라는 옛 성현 말씀에 따르자면

먼 옛날 다른 별에 살고 있을 때
그때는 사랑한다 당신 없인 못 살겠다 한 적도 있었겠지

아니면 내 살아생전 잊을 수가 없다면서
가슴속 깊이 원망을 쌓아 왔겠지

그때 쌓아온 인연 따라 이 별에서 만나
이른 새벽 원미동 골목을 들었다 놨다 하는 것이겠지

한 생각 놓으면 이 별나라에서도 서로가 편안해질 터인데
'나'라는 생각 내려놓고 '너'라는 입장에 서보면 될 터인데

그리 안 되는 것이 인간세상임을 모르는바 아니지만
원미동 골목은 오늘따라 사람 사는 소리가 요란했다

(5월 어느 날 새벽 원미동 골목에서)

2부   하늘의 별이 되신
                      당신이 그리워서

만족과 감사를 아셨던 내 엄마

엄마는 어떻게 그 험한 삶을 사셨나요
힘들 때는 아래를 보고 살았단다

위만 보면 살지 못했지
건넛마을 새우젓 장사 과부를 보며 살았지

새우젓 장사는 일할 땅 한 평 없었지만
나는 일할 수 있는 전답田畓이 있음에 감사하며 살았단다

사람살이가 위만 보고 살아가면
팔자 한탄으로 마음은 물론 몸마저 힘들지

삶이 힘들수록 아래를 보고 살아야 하고
만족과 감사의 마음을 가져야 살아갈 수 있단다

그렇게 힘든 시절 지나면 힘이 모이거든
그때 위도 보고 앞날도 계획하며 살아야 한단다

그래서 아침에 일어나면
늘 감사의 기도로 하루를 시작하곤 했단다

모실 수 있는 시어머님이 계심에 감사했고
비록 초등학생이지만 든든한 두 아들이 있음에 감사했고

세상에 태어나자마자 아빠를 잃었지만
언제나 환하게 웃는 내 딸이 있기에 감사했노라고 하셨습
니다

눈꽃

세상이라는 밭에서
김매며 흘리신 땀방울

여름이면 삼베적삼 적시고
겨울이면 무명 적삼 흠뻑 젖게 살아오신 당신

여자의 도리 사람의 도리 배려의 마음
행하므로 가르쳐주신 당신

당신이 삼킨 눈물 꽃
하늘 밭에 만발했겠지요

오늘은 눈꽃雪花이 내립니다
눈꽃 당신의 눈물 꽃 같아

당신을 불러봅니다
사랑합니다, 미안합니다, 보고 싶습니다

어머니 눈물

철없던 시절엔
눈물이 눈에서만 흐르는 줄 알았습니다

몸에서 흐르는 피 같은 눈물을 몰랐습니다
내 어머니는 몸으로 우셨다는 걸
그때는 몰랐습니다

그리움 사무쳐 가슴이 미어질 때는
무명 적삼 흠뻑 적시게
몸에서 눈물이 흐른다는 것을
그때는 몰랐습니다

내 나이 어머니 나이가 되어서야
몸에서 눈물이 흐른다는 걸 알았습니다

그 눈물자리 알았는데
그래서 안아 드리고 싶은데
내 어머니는 하늘의 별이 되어 안을 수가 없어
오늘도 엄마별 찾으러 눈 시리게 별을 헵니다

추억은 향기 되어

산허리에 걸린 먹구름은
비를 맞이하러 나온 마중님이라던 엄마의 말씀
오늘도 산허리에 구름이 걸렸어
곧 비가 오겠지

비구름이 쏜살같이 흘러감은
비를 밀어내는 하늘님의 징조라던 엄마의 말씀
지금 하늘 구름이 달음박질치고 있어
곧 비가 그치겠지

오늘도 엄마와 나눈 추억의 순간들은
비의 향기로 다가와 나를 적셨어
내 마음도 적시고 내 콧등도 적시고,
엄마! 보고 싶어 아주 많이 보고 싶어

눈물 꽃

보고파서
너무 보고파서 하늘을 봤습니다

당신의 일생이 아파서
너무나 아파서 하늘을 봤습니다

하늘에 무수히 떠 있는 별
그건 당신이 삼킨 눈물 꽃이겠지요

오늘 또 하나의 별이 하늘에 자리했습니다
그 별은 당신이 보고파 삼킨 나의 눈물 꽃입니다

낙엽이 질 때면

낙엽이 바람에 몸을 맡길 때면
당신이 더 보고 싶습니다
당신이 보고파 미칠 것 같습니다
그래서 허공을 향해 소리쳐 봅니다

당신은 대답이 없습니다
휘이잉
나뭇가지 사이,
싸늘한 바람의 몸부림뿐입니다

이슬이 되고

오늘은 하늘의 별이 되신
당신께서 이 세상에 오신 날입니다

퇴근길 하늘 향해
생신 축하 편지를 띄웁니다

아쉬움이 이슬이 되고
보고 싶음이 이슬이 되어

어둑한 저녁 하늘에
서러운 이슬 꽃 흩날립니다

달이 지고 별이 질 때

온밤을 지새웠습니다
당신이 보고파서

달이 지고
별이 질 때 당신이 더 보고 싶습니다

보고파도 다시 볼 수 없음에
들숨 날숨 버거워 가슴을 쳤습니다

하얀 밤이 지나고 창가에 햇살 퍼지니
가슴팍엔 시퍼런 멍이 들어있었습니다

엄마별

퇴근길, 어둠을 이불 삼은 원미동 하늘에
별 하나가 유난히 빛났어

엄마별이라는 생각이 들었지
오늘 하루 일을 얘기하며
천근만근 발걸음을 옮겼어

엄마! 오늘은 환자가 참 많았어
코로나 예방접종 환자가 많았기에
긴장의 연속인 하루였어

엄마의 보살핌으로
오늘 하루도 무탈하게 지나갔어
그러니 엄마도 잘 자

고마워 엄마
사랑해 엄마
보고 싶어 엄마

달빛 언어

오늘은 벌써 달이 떴네
달이 밝네

퇴근길 원미동 골목에 달 그림자가 비쳤어
달빛 언어가 들려왔어

엄마의 음성 같았어

참 수고했데
참 잘했데
집에 가서 밥 잘 먹고 푹 쉬래

엄마의 음성 닮은 달빛 언어는
참 다정하고 따뜻했어

나를 많이 사랑한대
많이 보고 싶대

나도 답했어
많이 사랑한다고,
많이 보고 싶고 많이 미안하다고

엄마의 얼굴

떨어지는 낙엽은
엄마의 발자취

먹구름 사이
작은 틈으로 보이는 햇살은
엄마의 얼굴

늦가을 찬 서리 맞으며
나무에 대롱대롱 매달린 홍시는
엄마의 시린 가슴

돌부리에 부딪혀 부서지는
하얀 물보라는
엄마의 눈물

나 이제
엄마의 일생을 가슴으로 느끼나
보답할 길 없음이 못내 서럽습니다

3부   참 좋은 사람

사랑한다는 건

사랑한다는 건

누군가를 사랑한다는 건
나의 것을 나눌 수 있는
따뜻한 마음이라기보다는

나의 모든 것을 줄 수밖에 없는
주지 않고는 견딜 수 없는
절절하고 절실한 마음이 아닐까 싶습니다

당신을 향한 나의 마음처럼

사랑이란

사랑이란 말이야

상대의 마음을 아는 것이라기보다는
상대의 마음과 하나가 되는 게 아닐까 싶어

따뜻한 상대의 마음과
시리고 아린 상대의 마음과 하나가 되는 것

그게 사랑이 아닐까 싶어
너를 향한 내 마음처럼

견딤

견딤은 마음의 굳은살을 입히는 과정이지요
견딤은 마음의 요동침을, 평상심을 회복하는 것이지요

견딤은 비움을 배워 가는 것이지요
견딤은 사랑하기에 하늘의 명이라 여기는 것이지요

당신을 향한 나의 견딤이 그렇습니다

이렇게 사랑하자

우리
돌아갈 수 없는 시간 속의 사랑을 추억하기보다
얼마인지 모르지만 남아있는 시간을
애간장 녹아내리는 절절함으로 사랑하자

설혹 이 사랑이
심장에 꽂은 칼이 될지라도
두 눈에 피눈물 흐를지라도
애간장 녹아내리는 절실함으로 서로를 껴안자꾸나

내 영혼 그대의 영혼에 하나 되게
우리 그렇게 사랑하자
남아 있는 시간 얼마인지 알 수 없지만
추억보다 더 아름다운 사랑을 하자꾸나

저녁노을처럼

노을이 하늘에 물들듯
나 당신에게 물들어 삽니다
전생에도 그랬을 겁니다
현생에도 그러니까요
다음 생에도 그럴 겁니다

꿈

나에겐 바람 따라 살아가는 꿈이 많았어

구름처럼 하늘에 그리고 싶은 것도 많았고
바람처럼 가고 싶은 곳도 많았어

들꽃으로 온 세상에 꽃피고 싶었고
고운 씨앗을 내 별나라에 뿌리고 싶었어

그런데 어느 별에선가 함께했던 네가 내게 왔어
너는 나의 꿈을 몽땅 먹어버렸어

너는 나의 꿈을 먹어버린
나의 전부라는 걸 너는 아는지 모르겠다

걷다가

걷다가 걷다가
먼 하늘을 바라봄은

당신과의 추억을
다시 쓰고 싶다는
간절한 기도입니다

걷다가 걷다가
고개 숙여 발아래를 봄은
당신과의 추억이 흩어질까
조심하는 마음속 기도입니다

걷다가 걷다가
하늘 보고 땅 보며
오늘도 간절히 기도합니다

먼 여행길 함께 떠날 수 있기를

아픈 추억일지라도

다시 만들어 갈 수 있기를

외롭다는 건

그대 외로우신지요

외롭다는 것은
사랑을 아는 사람입니다

외롭다는 것은
깊은 곳 어딘가

그리운 사람을
간직하고 있다는 증거입니다

지금 내가 그렇습니다
당신으로 인해 뼛속까지 외롭습니다

안부를 묻다

눈물에 안부를 물었단다

슬픔에 안부를 물었단다

아픔에 안부를 물었단다

너의 안부를 물었단다

사랑이 슬퍼

사랑이 슬퍼서 눈물이 났다
삶이 아파서 눈물이 났다
아파서 슬퍼서 눈물이 났다

너와의 사랑이
아파서 슬퍼서 눈물이 났다

너처럼

구름이 몰려온다
구름 가득 머금은 물방울
대지를 적신다
새싹이 돋는다

봄 햇살 눈 시리게 어여쁘다
새싹이 이파리가 된다
한 잎 두 잎 이파리 사이 꽃대 수줍다

꽃봉오리가 맺혔다
하얀 겨울 건너온 붉은 언어
서럽게 곱디곱다
너처럼

바람이 정해준 길

바람에 몸을 실었어
어디가 내 영토인지
바람이 정해주었어

돌작밭에 내려앉아도 괜찮아
목이 마르면 마른 대로
흙이 모자라면 모자란 대로

작은 싹을 내뿜고
얕은 뿌리를 내리고
일찌감치 꽃을 피우지

나의 일생 본분을 다하여
하얀 솜털 씨앗 꽃 만들어
다시 바람에 몸을 맡기지

이번엔 옥토일까?
가시덤불 속일까?
또 돌작밭일까?

어째도 괜찮아
어디든 괜찮아
뿌리내릴 수 있음에 감사했었어

바람처럼 애착 없이 살았었어
흐름 따라 여기까지 와서 너를 만났어
이젠 참 좋은 너에게 뿌리내리고 싶단다

인생길 걷다가

인생길을 걷다가
너를 만나

행복했던 순간보다
아픔이 더 많았고

함께한 시간보다
함께하고픈 시간이 더 많았고

사랑한 나날보다
사랑하고픈 날이 더 많았지

그렇게 늘 안타까움이
내 영혼을 적셨지만

사랑하기에 너무나 사랑하기에
이만큼의 거리를 두어야만 한단다

사람 냄새나는 사람

함께하면 좋은 사람
함께하면 편한 사람

함께하면 모든 것을
사랑하게 되는 사람

칠흑 같은 어둠 속에서도
빛을 볼 줄 아는 사람

백척간두에서도
푸른 하늘을 보며 웃는 사람

그런 당신에게서 사람 냄새가 납니다

그 냄새가 참 좋습니다
그런 당신이 참 좋습니다

4부   사람살이

나 하나의 불빛

세상이 어둠으로 가득 차 있다고 생각되고
정의롭지 못한 세력이 득세한다 생각되어

한탄과 부정의 기운으로
몸과 마음이 어두워질 때,

내 안의 등불을 켭니다
그 등불로 나를 비춰봅니다

나를 비추기 위해 켠 등불은
세상도 밝게 해주는 작은 불씨가 되겠지요

나 하나의 촛불이 세상을 밝힐 수는 없겠지만
당신과 나의 불빛이 모이면 세상도 밝아질 겁니다

연잎

살다 보면
하지 않아야 할 말을 할 때가 있습니다

살다 보면
하지 말아야 할 행동을 할 때도 있습니다

살다 보면
보지 않아야 할 것을 볼 때도 있습니다

살다 보면
생각하지 말아야 할 것을 생각할 때도 있습니다

살다 보면
듣지 않아야 할 말을 들을 때도 있습니다

오늘도 안이비설신의^{眼耳鼻說信意}에
물들지 않는 연꽃이기를 소망하면서 하루를 시작합니다

예쁘게 물들다가

어찌
어린 초록 새싹만 어여쁘겠는가
녹음 짙은 푸르름만 아름답겠는가

돌아갈 때를 알고
돌아갈 곳을 아는
붉게 타오르는 단풍잎이 어찌 곱지 아니할까

어여쁘게 곱게 물들이다
바람이 가자면
거부하지 아니하고 내 별나라로 돌아가는

고운 단풍에서 사람살이 갈무리를 배웁니다

마음자리

길 없는 길을 찾아 얼마나 돌고 돌았던가
문 없는 문을 찾아 얼마나 두들겼던가

밑 빠진 독을 안고
채워보려 얼마나 많은 땀을 흘렸던가

돌고 돌다
두들기고 또 두들기다
흘리고 또 흘리다 내 안에 자리하니

길도 사라지고
문도 사라지고
채울 독도 사라지네

받아들이기

살아가다 보면
내 의지와는 다르게
그 무언가의 힘으로 일어나는 듯한
일들이 있지요

우리는 그것을 운명이라고 표현하기도 합니다

살다 보면 힘든 일이 파도처럼 몰려올 때
어떤 이는 그 파도를 이겨내야 한다고 하고
또 어떤 이는 그 파도를 올라타서 즐기라고 합니다

당신은 어떻게 하시겠습니까
이겨낼 힘이 있습니까? 그러면 이겨내십시오
파도에 올라타서 즐길 수 있습니까? 그럼 즐기십시오

이겨내지도 못하겠고
즐기기도 쉽지 않다면
받아들이십시오

그 파도도 언젠가는 지나갑니다
영원함이 없이 돌고 도는 것이
천지의 이치이니까요

구속

당신은 무언가에
누군가에 의해 구속당하고 있습니까

일? 배우자? 자녀? 부모? 친구?
진정 그 사람들이
그것들이 당신을 구속하고 있는 걸까요?

혹여
당신의 내면 깊은 곳에 자리 잡고 있는
애착과 욕심과 두려움이
당신을 묶고 있는 건 아닐런지요

자유로워지고 싶으십니까
그렇다면 당신 내면으로 들어가 보세요
당신이 모르는 당신을 발견할 수 있을 겁니다

그리고 깊은 곳에 숨어있는

당신의 구속자에게서

당신을 해방해보세요

용기와 지혜

살다 보면
홀로 해결해야 할 일을
수없이 마주하지요

수없이 다가오는 고난 중
해결할 수 있는 일이거든
용기와 지혜를

해결할 수 없는 일이거든
받아들일 수 있는
마음과 인내를 가져봅시다

불편한 익숙함

살다 보면 사람살이가
새로운 길을 선택해야 할 경우가 있지요

그 길은 가보지 않은 길이기에
그 미지의 저편을 두려워하죠

그래서 저편이 보이는 익숙한 것에
안주하려고 하지요

그 길이 비록 편치 않은 길일지라도
새로운 길을 선택하기가 쉽지 않죠

불편한 익숙함 속에 살다 보면
편안함도 어색하게 느껴지니까요

하지만 익숙함의 편안함은

지루함이라는 단어를 낳게 된다는

생각이 들지 않으신지요

또 다른 시작

지금 당신은
버려야 할 것을 움켜쥐고 있는 건 아닌가요

끝내야 할 것을 망설이고 있는 건 아닌가요
백척간두 진일보하면 어떻게 될까요?

끝일까요?
혹여, 또 다른 시작은 아닐까요?

감사하는 삶

하늘은 우리에게
빵을 주십니다

하지만 늘 빵만 주시는 게 아니죠
가끔은 돌멩이를 던지기도 하죠

빵인 줄 알고 받았는데
돌멩이일 때

어떤 이는 원망을 하지만
어떤 이는 감사히 받아
집을 짓습니다

그 돌집은
자신을 지키는 견고한 방패가 되죠

하늘은 사랑이시기에
어느 것 하나 헛된 것을 주시지 않습니다

하늘이 주시는 모든 것에
감사하는 오늘이 되기를 바랍니다

꽃길

오늘 어떤 분에게
축원을 들었습니다
꽃길만 걸으라고

감사한 말입니다
꽃길만 걸으라는 축복의 말

하지만 사람 길이
어찌 꽃길만 있겠습니까

길을 가다 보면
꽃도 있고 가시덤불도 있고

뾰쪽 튀어나온 돌길도 있고
흙길인가 싶으면 진흙탕 길도 있고

풀 한 포기 뿌리내리지 못할
사막도 있고

오르고 올라도 험산 준령만 보일 때도 있고
끝없는 나락에서 브레이크를 잡을 수 없을 만큼의
내리막길도 있지요

그것이 인생길 아닐 런지요
그래서 인생길은 가 볼 만한 길이 아닐 런지요

인연과 운명

누군가 말했지요

인연을 붙들어 운명을 만들라고
운명은 그냥 오는 것이 아니라고

나는 오늘 인연이라는 두 글자
마음에 새기고 되뇌며 하루를 시작합니다

인연을 만들고 그 인연을 잘 가꾸어
운명이라는 집을 지어보자고

그 집에서 희로애락喜怒哀樂 느껴보자고
그것이 인생이라고

위기

위기란 강력한 자극입니다
상처로 남을 수도 있고
성장시키는 에너지로 작용하기도 하죠

어떤 이는
위기를 겪고
마음의 어른이 되어 주위를 돌아보며
감사와 희망의 소통을 만들어 가기도 하고

어떤 이는
아픈 상처를 안고
더 아플까봐 두려워하며
안으로 숨어들어 불통의 세계로 들어가기도 합니다

또 어떤 이는
세상 탓 다른 사람 탓으로 돌리며
소통이라는 단어를 삼켜버리고
원망의 마음만 쌓아가기도 합니다

당신은 어떤 사람이 되고 싶으십니까
선택은 당신에게 달려 있고
당신의 선택이 당신의 운명을 만든다는
옛 어른들 말씀을 되새겨 보십시다

세상이라는 무대

그대는 어떤 인생을
살고 싶은가요

다른 어떤 이나
혹은 보이지 않는 그 어떤 존재가
써 놓은 시나리오 따라

세상을 무대 삼아 연기만 하다
막이 내리면
홀연히 퇴장하는 배우이고 싶습니까?

아니면
내 인생 내가 쓰고 내가 꾸민 무대에서
내가 연기하는 작가 겸 주인공이 되고 싶습니까?

선택은 당신의 몫입니다

희극과 비극

우리는 매일 매 순간
인생 시나리오를 쓰고 있지요

오늘 그대는
어떤 시나리오를 쓰고 있나요

곰팡이 끼고 어두컴컴한 공간에서
불평과 원망의 나날을 보내는
주인공의 시나리오를 쓸 건가요

태양 가득 시냇물 졸졸
푸른 잔디 상큼한 풀 향 음미하며
감사의 나무 키워 가는
주인공의 시나리오를 쓸 건가요

그건 그대에게 달려있습니다

그대는 그대 인생 시나리오 작가이며

주인공임을 잊지 마세요

매일 매 순간……

놓으면 오는 행복

인생이란
갖고 싶은걸 가졌을 때
그것이 나를 묶는
동아줄이 되기도 합니다

때로는
갖고 싶은 걸 놓았을 때
가진 걸 비웠을 때
더 큰 행복과 자유가 오지요

천석꾼은 천 가지 근심
만석꾼은 만 가지 근심이라는
옛말이 맞는 것 같습니다
그게 인생인 것 같습니다

행복하게

가만히 생각해보면
비교에 의해 사람은 행불행이 좌우되는 경우가 많더군요

비교하는 마음을 놓을 수 있다면 얼마나 좋겠습니까만
사람 마음이 그렇게 되질 않거든요

그래서 나이가 들어갈수록
서로 비교하지 않아도 되는

편한 사람과 소통하는
지혜가 필요하지 않을까 싶습니다

인생길

인생이란 그런가 보다

평지인가 싶으면 산이 나타나고
그 산을 넘었나 싶으면
다시 산이 앞을 가로막고,

그래도 더 높은 산 아님에 감사하며
넘지 못할 산 아님에 감사하며
산을 넘을 용기 있음에 감사하며

넘고 넘는 게 인생길인가 보다

별일 없는 시간들

아침에 일어나 세수하고 양치하고
밥 먹고 차 마시고 출근해서 일하고

별 탈 없이 하루를 보내고
퇴근해서 또 내일을 준비하고

별일 없이 지나간 오늘에
감사하고 또 감사합니다

폭풍우가 지나간 후에는
평범한 날들이 눈물 나게 감사한 날들이더군요

표현하기

인간은,
인생살이는 말이야

말하지 않으면 소통이 안 되고
소통이 안 되면 이해하지 못하며

이해하지 못하면 오해가 쌓이고
오해가 쌓여 미움이 되기도 하지

소통이 되면 이해를 하게 되고
이해하면 사랑이 쌓이는 것

이것이 인간관계이고
사람살이가 아닐까 싶어

그대 지금

그대 지금 어디쯤 와 있나요

아지랑이 피어오르는 봄이거나
실록이 우거진 여름

아니면 하늘길 향해 오색빛 물든 가을이거나
어느 시절 중간쯤이겠지요

나 지금 지나간 세월 되돌아보니
걸어온 길 아득하고 걸어야 할 길 길지 않네요

꽃 피고 새 우는 봄날도 꽃비 따라 흘러갔고
눈 시리게 푸르른 초록의 날들은 천둥처럼 가버렸지만

꽃과 초록을 추억하며
그리워하지 않을 만큼 아름다운 길입니다

그대와 함께 가는 길이기에

하늘 가는 길도 꽃길일 것 같습니다

변화의 두려움

살아온 길이 길수록
길 바꿈이 쉽지 않으며 바꾸려 하지 않지요

그래서 우리는 흔히 말하지요
그 나이에 무슨 일을 새로 하냐고

그냥 익숙한 거 하자고
변화의 두려움을 스스로 다독거리지요

그건 아마도 새로운 길을 찾아야 하는 두려움이 아니라
가진 것을 잃을까 봐 두려워하는 것이 아닐까 싶습니다

하지만 길지 않은 인생길 걸으며
가 보고 싶은 길로 발길 옮겨 봐도 좋지 않을까요

설령 지금 가진 것들을 잃을지라도
모든 것을 가질 수는 없는 것 이것이 인생살이니까요

불편한 익숙함

은행에 갔습니다
열 체크를 하고 큐알 체크로 백신 접종을 확인 후,
번호표를 뽑았지요
대기자 열네 명

젊은이는 한 명도 없고
대기자 대부분은 나보다 연장자로 보였어요

인터넷 뱅킹을 열어 놓았지만
비밀번호 설정에 계속 에러가 떠서 포기했지요

익숙함의 껍질을 깨고 나온다는 것이
그리 쉽지는 않은 것 같습니다

그래서 때로는 불편한 익숙함이
편안한 새로움을 이기는가 봅니다

익숙함이 귀한 것을 놓칠 수 있는 것
그것이 사람살이인 것 같습니다

희생과 배려

우리는 신이 아니라 인간입니다
여기는 천상이 아니라 인간세계^{人間世界}입니다

주기만 하는 사랑, 받기만 하는 사랑이
영원할 수 있다고 생각하지 마세요

사랑은 교류입니다, 소통입니다
마음의 흐름이 오고 가는 것이 사랑입니다

부모와 자식 간에도
오고 가는 사랑이어야 하거늘

남이라는 글자에 점 하나 지워
님이 된 관계에서는 더 그렇지요

받은 만큼 주어야 사랑 나무는 자라납니다
배려받은 만큼 배려해 주어야
사랑 나무뿌리는 깊어지는 겁니다

사랑이 미움의 뿌리가 되지 않도록
배려가 서운함의 열매로 맺히지 않도록

희생이 원망이 되지 않도록
지혜롭게 사랑해야 합니다

우리가 사는 곳은 천상세계가 아닌
중생들이 사는 사바세계이니까요

행복하기 연습

우리는 흔히 말하죠
천성이라고

긍정적인 사람을 보면
기분이 좋아집니다
그리고 말하죠
저 사람은 천성이 그렇다고

부정적인 사람을 보면
기분이 좋지 않지요
그리고 말하죠
저 사람은 천성이 그렇다고

하지만 천성을 바꿀 수 있고
천성보다 강한 것이 습관이라고 합니다
그 힘은 열 배 이상 강하다고 하죠

긍정적인 마음은 밝은 햇살입니다
햇살 아래는 수많은 생명체를 길러내지만

부정적 마음은 음습한 지하실과 같아
벌레와 곰팡이, 쥐들의 온상이 됩니다

그대 천성이 부정적이라면
긍정의 습관을 길러보세요

연습하고 또 연습하여
좋은 습관이 익어갈 때
그대 앞에는 찬란한 태양이 빛 날 겁니다

갈무리

낙엽 하나가 떨어졌습니다
낙엽을 실은 바람이
콧등을 시리게 합니다

낙엽 하나가 또 허공에 그림을 그립니다
시린 눈을 들어 하늘을 봅니다

여기저기 고운 잎들이
춤을 추며 말 없는 말을 하네요

본분을 다하였노라 몸으로 말하는
곱디고운 낙엽에서
인생살이 갈무리를 배웁니다

아름다운 인생길을 원하거든

습관은 인생을 만듭니다
습관은 당신의 일생을 바꿔줄 겁니다

좋은 습관을 기르십시오
당신이 원하는 것을 이룰 수 있을 겁니다

고운 습관을 기르십시오
아름다운 인생길을 걸을 수 있습니다

예쁜 습관을 기르십시오
행복 만발한 황혼 길을 걸을 수 있습니다

아름다운 습관으로 살다 보면
하늘가는 그날 미소 지으며 떠날 수 있을 겁니다

뒤로 걷는 추억 꽃길

낙엽을 밟으며 걸었습니다
오색 고운 낙엽길이 끝이 났습니다
뒤로 걸으며 지나온 오색 고운 길을 바라봅니다

인생길 살다 보면
꽃길 지나 가시밭길도 만납니다
돌작밭길도 만납니다

가시에 찔리고 돌멩이에 걸려 넘어질 땐
지나온 길 바라보며 뒤로 걸어봤지요

거기엔 아름다운 길이 있었습니다
지나온 길은 추억이라는 고운 길이더군요

지나온 고운 길에 새겨진
그것도 잠깐이었어, 라는 추억 글 발견하고
다시 힘을 내었습니다

유통기한

가끔 아침에 눈을 뜨며 생각합니다
이번 생의 유통기한은 얼마나 남았을까

내 인생의 유통기한이 하루 남았다면?
오늘 나는 무엇을 해야 할까

한 달이 남았다면 또 무엇을 할까
일 년이 남았다면 무엇을 하며 살아야 할까

한 가지씩 마음 공책에 적어보고
오늘부터 하나씩 실천하려 애써봅니다

미운 마음 지우기
서운한 마음 지우기
온힘 다해 살고 사랑하기

순리에 따르는 산천초목^{山川草木}

본분을 다하고

마지막을 화려하게 마무리하는
늦가을 산야의 고운 자태에

내 가슴도 젖고
내 눈도 젖습니다

하루 사이에

천지를 뒤덮었던
먹구름은 사라지고

모처럼 보이는 파란 하늘 사이
뭉게구름 솜털구름이 곱다

바람이 흐르는 사이
먹구름은 솜털구름으로
솜털구름은 먹구름으로 오고 가지만

구름 뒤편의 하늘은
언제나 푸르고 태양은 빛나기에

먹구름에서 솜털구름에서
희망의 소리가 달려온다

먹구름 속일지라도

누군가 그랬다더라

생각이 행동을 낳고
행동이 습관을 만들고
습관이 그 사람이 된다고

지금 우리의 현실이 아무리 먹구름뿐일지라도
먹구름 속 숨어있는 찬란한 태양을 생각하자꾸나

좋은 생각
좋은 행동

좋은 습관
좋은 마음의 우리가 되자꾸나

은행잎이 가는 길

샛노란 은행잎이 춤을 춘다
춤을 추다 길 위에
단아하게 내려앉는다

샛노란 은행잎이 속삭였다
눈이 시리게 푸름만 아름다운 게 아니라고
샛노랗게 물든 마지막 모습도 곱지 않냐고

비바람 거센 세월을 잘 살다가
마지막 제 갈 길을 알고 미련 없이 떠나는
샛노란 은행잎이 사람살이의 순리를 말한다

자연은 언제나 말 없는 말을 하기에
인간의 언어를 내려놓았을 때
자연의 언어는 가슴으로 다가오는 것 같다

세월 마법사

세월은 마법사입니다
하늘이 무너지고 땅이 꺼지는 일을 당해

받아들일 수 없노라
고개를 좌우로 도리질 쳤던

그 시절도
그럴 수 있겠다 고개를 끄덕이게 만듭니다

세월은
마법사인 듯합니다

혹여 그대
서러움 사무쳐
가슴속 피멍 솟구쳐

살아갈 수 없다 생각이 들 때,
모든 인연 줄 놓고 싶을 때,

세월이라는 마법사를 믿어보세요
세월 마법사는 무척이나 성능이 좋답니다

행복이란

행복이란

과거의 내가 아니라

미래의 내가 아니라

지금있는 이 자리의 나

지금의 내 모든 것에 감사하고

만족하는 것 아닐까 싶다

약점

누군가는 말했지
약점을 자각해서
보완하며 살아가야 성공한다고

하지만 난 말하고 싶다
잘하는 것을 더 잘할 수 있게 노력하라고

아무리 약점을 보완한다고 해도
장점을 가진 사람은 능가할 수 없으니까

소통은 맞장구

맞장구를 잘 치는 사람은
많은 사람에게 사랑받습니다

상대가 나와 다른 의견을 내세울지라도
비판하려 하지 않고

공통점을 찾아내어
맞장구를 쳐주는 사람에게는
많은 사람이 모여듭니다

사랑받고 싶다면,
소통하고 싶다면,

지적보다는 마음으로 지지하며
맞장구 잘 치는 사람이 되어보세요

사람 냄새나는 그대

사람 향기 나는 사람이 되고 싶으신가요
그러면 상대의 허물이 보일 때
나의 허물은 없는지 되돌아보세요

사랑받고 싶으신가요
사람을 만나거든
그 사람의 좋은 점을 찾아내세요
그리고 마음 담아 칭찬해주세요

인정받고 싶으신가요
상대의 능력을 찾아내세요
그리고 그 능력을 인정해주세요

하찮게 보이는 개미도
부지런함의 장점을 가지고 있고

땅을 기어 다니는 지렁이도
긴 터널을 뚫을 수 있는 능력이 있습니다

하물며 사람인데 장점이 없겠습니까
찾아보세요, 상대의 장점을

그 상대가 남편일 수도 아내일 수도
자식일 수도 부모일 수도 직장 동료일 수도 있습니다

그들을 칭찬해 주세요
코끼리도 칭찬에 춤을 춘다는 것을
잊지 마세요

절망의 끝

혹여 그대 절망의 몸부림으로
온밤을 뒤척이고 하루를 시작하셨습니까

절망은 절망을 잉태하고
어둠은 어둠을 잉태한다지만

절망하고 또 하다 보면
절망도 언젠가는 뒷모습을 보일 것입니다

칠흑 같은 어둠이 천지를 덮을지라도
찬란한 태양은 떠오르듯

엄동설한 북풍한설 몰아쳐도
꽃 피고 새 우는 봄날이 오듯

절망이 깊고 깊어 썩어 문드러지는 날
희망이라는 고운 싹이 돋아날 것입니다

세상은, 천지는 그냥 돌아가지 않으니까요
철저하게 규칙대로 순리대로 돌아가니까요

마음 바람

마음 하늘에
시꺼먼 바람이 부네요

마음 하늘에
검붉은 바람도 불지요

마음 하늘에
먹빛 바람이 부네요

마음 하늘에
하얀 바람도 불지요

바람이 지나간 마음 하늘은
언제나 그대로이지요

바람은 바람일 뿐
마음을 물들일 수 없으니까요

차 한잔

찻물을 끓여
세월 찻잔에 부었습니다

허브차 한 스푼에
지난 시간 한 스푼

지금 이 순간 한 스푼과
다가올 시간 한 스푼을 넣어

오른쪽으로 세 번
왼쪽으로 세 번 저었습니다

차 한 모금 머금고
눈감고 마음의 눈 열었습니다

지난 시간의 달콤함과
지금 이 시간의 쌉싸름함과

다가올 시간의 새콤함이
온 마음 가득하네요

사람살이의 맛처럼

하나의 몸

양지의 나무는
음지의 뿌리가 근원이듯

내 꽃 아름답다고
어찌 뿌리를 부정할 수 있겠습니까

꽃과 뿌리는 한 몸
양지의 사람과 음지의 사람도 한 몸

양지 사람은 음지 사람을
음지 사람은 양지 사람을 부정함은

천지의 이치를 거스르는 것이지요

내 잘남과 내 잘 살아감은
음지에서 빛을 보지 못하는
그 누군가가 있기 때문이니까요

잃음과 얻음

역병으로 잃는 것이 많은 듯하지만
맑고 푸른 하늘이 우리 곁에 와 있음은

잃음이 있으면
얻는 게 있다는 천지의 이치

오르면 내림이 있고
내림이 있으면 오름이 있는 것이 천지의 이치

시작이 있으면 끝이 있고
그 끝은 또 다른 시작을 잉태하니

내리막이라고 애통해하지 말고
오름이라고 들뜨지 말아야 조화로운 인생이겠지요

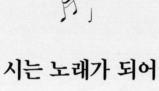

시는 노래가 되어

발자국

김서영 작시
임긍수 작곡

1. 꽃 길 비-단 길 -의 아름다 운 추-억보 -다 돌-
2. 세 상 끝인줄 알 았던 수-많은 시-간들 -도 아-

작 밭 가-시밭 길 찍-허진 -발자국 하나하나 더-
파 서 피-는꽃 도 아름답고 -아 픔이 였-노라 삼 킨

2

마음 자-리함 -이 진-정 사-랑함 -이
눈물 이라도진 하게 가-슴 자-리함 -도

진 정 사-랑이-더 라 적 지 않-게

걸 어온 그립 고 아득한 그 -길 걸-

어 야 하-는그 길 -그리많 이 남 아 있 지않은이

풀꽃 이불

김서영 작시
임긍수 작곡

나는 인연의 숲, **원미동으로**
출근합니다

김서영 지음

1판 1쇄 인쇄 2022년 8월 12일
1판 1쇄 발행 2022년 8월 18일

펴낸이 안성호 | **편집** 이준경 조현진 | **디자인** 이보옥
브랜드 이리 | **출판등록** 2005년 8월 9일 제2018-000061호
펴낸곳 리잼 | **주소** 05307 서울시 강동구 상암로 167, 702호
대표전화 02-719-6868 | **팩스** 02-719-6262
홈페이지 www.rejam.co.kr | **전자우편** iezzb@hanmail.net

ISBN 979-11-87643-97-5 (03810)